GRAND

ALBUM AMUSANT

DES SAISONS

ADMINISTRATION : 13, PASSAGE SAULNIER, A PARIS

PRIX 3 FRANCS

EN VENTE

Chez les principaux Libraires de la France et de l'Étranger.

1862

GRAND

ALBUM AMUSANT

DES SAISONS

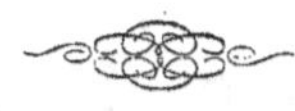

ADMINISTRATION : 13, PASSAGE SAULNIER, A PARIS

EN VENTE

Chez les principaux Libraires de la France et de l'Étranger.

—

1862

HENRI MONNIER

Vous le connaissez tous, ce comédien charmant, cet auteur au rire si franchement gaulois, ce dessinateur plein d'observation et d'esprit ? — Henri Monnier !

Ce nom est à la fois célèbre, à côté de ceux de Gavarni, de Paul de Kock et d'Arnal !

Et c'est un heureux homme, qu'Henri Monnier ?

Il a eu la gloire d'inventer un de ces types superbes qui resteront éternellement, à côté même des *créations des plus grands poètes* ! — Notre époque compte trois de ces personnages légendaires, et gravés à jamais dans toutes les mémoires : Mayeux, Robert Macaire et Joseph Prudhomme, le bouffon patriote, l'impudent chevalier d'industrie et l'éternel bourgeois tout gonflé d'une sottise orgueilleuse.

Encore Joseph Prudhomme est-il le plus profondément vrai des trois !

Ses aphorismes sont célèbres, sa voix, son geste, connus de tous. La popularité est aussi quelquefois une preuve favorable.

C'est en 1805, à Paris, je crois, que naquit Henri Monnier.

M. Monnier père était un modeste employé qui fit cependant faire à son fils une partie de ses études.

Mais, la nécessité l'exigeant, Henri quitta à seize ans le collège, et entra immédiatement chez un notaire, en qualité de petit clerc.

C'est ainsi que, presqu'en même temps, commençait celui qui devait devenir un des plus illustres comédiens de ce temps-ci, M. Bocage.

Henri Monnier se dégoûta promptement du notariat ; son caractère indépendant ne pouvait se plier aux exigences de son état. — Il entra comme surnuméraire à la Chancellerie, mais il abandonna bientôt cette nouvelle carrière pour la peinture.

Il ne montra pas, nous l'avouerons, tout d'abord d'écrasantes dispositions pour la grande peinture et semblait même être destiné à confectionner à jamais ces déplorables toiles qui, recouvertes d'un enduit quelconque de couleurs à l'huile, sont désignées par les artistes et par le public lui-même sous le nom dédaigneux de *croûtes*.

Mais si le peintre se montra inférieur, le dessinateur étonna Girodet et ses élèves par son audace et sa *vérité* (le *réalisme* n'étant pas encore découvert).

Ses *charges* désopilantes, enlevées rapidement avec un crayon énergique, sont tout bonnement de petits chefs-d'œuvre. Daumier seul, après Henri Monnier, possède cette hardiesse et cette sûreté de main.

Les visages ont surtout des *expressions* étonnantes. Ce ne sont pas des dessins, mais des photographies. Les yeux voient, les lèvres s'agitent ; toutes ces physionomies, vous les reconnaissez pour les avoir déjà vues.

Sans compter les *légendes* qui accompagnent la plupart des lithographies, et qui sont parfaites, Gavarni les signerait sans hésiter.

Deux gamins se rencontrent dans la rue.

— Eh ! Guguste, viens-tu demain voir guillotiner ?

— Ça va. — Nous verrons bien *s'il monte* aussi mal que le dernier.

— Imbécile ! C'est pas un homme, cette fois. C'est la boulangère du faubourg Antoine !

Que dites-vous de ce dialogue, lecteurs — et croyez-vous qu'il ne vaille pas d'être cité sans le dessin ?

Henri Monnier était déjà connu dans l'intimité par ses *charges* mimées et parlées qui faisaient, pour citer une phrase consacrée, les délices des ateliers :

Il quitta l'atelier de Girodet, et partit avec Eugène Lami pour l'Angleterre. — A son retour, il publia son *Voyage* et illustra les *Fables de la Fontaine*, les *Chansons de Béranger*, en compagnie de J. J. Grandville, les *Français peints par eux-mêmes* et quelques œuvres de Balzac.

Son crayon ne pouvait cependant lui assurer une existence pour longtemps brillante. Ce fut alors que, conseillé par ses amis, par Alphonse Karr et Jules Janin entre autres, il *rédigea* les scènes et les bouffonneries qu'il s'était jusqu'alors contenté de débiter, soit au Café des Cruches, dans la petite rue Saint-Louis, soit dans les réunions et les soirées d'artistes.

On vit alors paraître ces inimitables *Scènes populaires*, ces *Croquis à la plume*, ces *Profils de bourgeois*, qui rivalisent avec les productions les plus gaies et les plus étudiées, de cet autre peintre des petites gens, Paul de Kock.

Alors fit son entrée dans le monde des lettres Monsieur Joseph Prudhomme, professeur d'écriture, élève de Brard et de Saint-Omer, expert-assermenté près les Cours et Tribunaux.

Et chacun de rire ! Et chacun d'applaudir aux faits et gestes de ce M. Jourdain du XIXᵉ siècle.

Alléché par les succès d'acteur obtenus dans l'intimité, Henri Monnier se décida à se produire enfin sur une véritable scène.

Il parut, le 4 juillet 1831, au Vaudeville, dans la *Famille improvisée*, et son début fut un triomphe.

Lisez, à ce sujet, le feuilleton de Jules Janin, dans l'*Histoire de la littérature dramatique*. Henri Monnier y est *pourtrait* de main de maître.

Après la *Famille improvisée*, viennent le *Contrebandier*, *Joseph Trubert* et le *Courrier de la Malle*.

Du Vaudeville, Monnier passa aux Variétés, au Palais-Royal, à l'Odéon.

En 1848, il obtint un succès fou aux Variétés avec les *Compatriotes*.

L'Odéon le vit, en 1852, dans son chef-d'œuvre, *Grandeur et décadence de M. Prudhomme*. Comme auteur et comme acteur, son triomphe fut complet, *et le plus beau jour de sa vie fut sans* contredit cette excellente comédie de mœurs.

Vous l'avez tous applaudi dans le *Roman chez la Portière*, cette burlesque lanterne-magique de types populaires.

Je regrette qu'il ait échoué dans *M. Prudhomme, chef de Brigands*. La pièce, cette fois, a nui à l'acteur.

En revanche, quelques jours après, Henri Monnier jouait le premier acte du *Malade imaginaire* de façon à faire regretter qu'il n'ait point sa place au Théâtre-Français.

La liste de ses œuvres est longue. Nous ne citerons que les principales.

Scènes populaires (1830) ; *Scènes de campagne* (1841) ; la *Chasse au succès* (1849) ; les *Bourgeois de Paris* (1854) ; *Mémoires de Joseph Prudhomme* (1857).

Nous ne rapporterons ici aucune des mille et une anecdotes dont ce charmant homme, ce causeur spirituel, ce farceur inépuisable, est le héros.

Nous voulons vous laisser le plaisir d'en lire quelques-unes dans ses mémoires.

Quant à son physique, vous le connaissez tous, car Henri Monnier s'est incarné dans son personnage d'affection et peut dire avec orgueil :

Regardez Joseph Prudhomme. C'est moi !...

Jules CLARETIE.

HENRI MONNIER.

GRAND CAFE DU LIBRE ECHANGE — 75, rue de Clichy.

AMÉDÉE ROLLAND.

25ᵉ Année. *Les Abonnements partent du 15 de chaque mois.* 1861

A LA PRUDENCE
3, rue Vivienne, 3.
Mercerie. Ganterie.
Articles anglais.
HINCELIN AINÉ
FABRIQUE DE CHAPEAUX DE PAILLE.
Fantaisie. Haute-Nouveauté.
PARIS.
Rubans. Tapisseries,
Coiffures. Soieries.

Le voilà donc ce fameux **VOISIN** dont on parle tant !! fabricant d'Instruments de physique amusante

EN TOUT GENRE

Exportation.   83, RUE VIEILLE-DU-TEMPLE, 83.   Commission.

Rue Louis-le-Grand, 23.

PHOTOGRAPHIE
TRINQUART

PORTRAITS

APRÈS DÉCÈS

CARTES DE VISITE

PHOTOGRAPHIE INALTÉRABLE

PROCEDE NOUVEAU

Rue Louis-le-Grand, 23.

23 RUE 23
ECOUTE LE GRAND
Photographie
Artistique
Portraits
Inaltérable

TRINQUART.

EAUX-DE-VIE CHAMPROUX

LES PLUS FINES QU'ON PUISSE TROUVER,

A 1 FR. 20 CENT. ET 2 FR. LE LITRE.

<table>
<tr><td>ENTREPOT A</td><td></td><td>CONFLANS-CHARENTON</td></tr>
<tr><td>Dépôt dans toutes les Succursales</td><td></td><td>Du Château de la Côte-D'or (Paris)</td></tr>
</table>

Boulevard Beaumarchais , 54-56.
Rue de Bretagne, 34.
Rue du Roule, 46.
Rue Coquillière, 25.
Rue Sainte-Anne , 23.
Rue Lamartine, 10 bis.
Rue Lamartine, 44.
Rue Saint-Lazare, 109.
Rue de Buci, 5.
Place Saint-Michel, 12.
Rue du Faubourg Saint-Antoine , 125.
Rue du Dragon, 29.
Boulevard Magenta, 59.
Rue Aumaire, 14.
Rue du Petit-Lion, 37.
Rue Lafayette, 3.
Rue des Petites-Écuries, 5.
Rue de la Pépinière, 47.
Rue de Lancry, 20.
Faubourg Poissonnière, 10.
Rue de Chabrol, 15.
Rue du Pont-aux-Choux, 11.
Boulevard de Sébastopol, 4 (rive gauche).
Route d'Italie, 18.

Rue Geoffroy-Saint-Hilaire, 14.
Rue de Poitou, 21.
Faubourg Saint-Denis, 85.
Faubourg Saint-Martin , 30.
Rue des Francs-Bourgeois , 14.
Rue Notre-Dame-de-Nazareth, 60.
Rue du Temple, 149.
Rue des Couronnes, 29.
Rue Ménilmontant, 139.
Chaussée Ménilmontant, 15.
Rue de Flandres , 32, à la Villette.
Boulevard d'Ivry, 17 bis.
Rue Popincourt, 103.
Rue Saint-Laurent, 47 , Belleville.
Rue de Paris, 183, Belleville.
Rue de Paris, 34, Belleville.
Rue de Lafayette, 99.

Adressez-vous dans la plus proche des quarante-une
succursales

On trouve également des Eaux-de-Vie à 3, 4 et 5 fr. celles-là de beaucoup supérieures à leur prix.

POLYCOPISTE-FOUQUE

Reproduction de la correspondance sans plume, encre ni presse ; système le plus économique et le plus prompt pour obtenir plusieurs copies à la fois. Très portatif pour voyage. Prix : 10 fr. Envoi d'un bon sur la poste. Affranchir.

MAISON FOUQUE ET CHARPENAY

6, passage des Beaux-Arts (Montmartre-Paris), boulevard Pigalle.

<table>
<tr><td>

CHAPELLERIE BISET

Maison de Confiance

Chapeaux et Casquettes en tous genres

4, B^D ROCHECHOUART, 4.

</td><td>

NICOULEAUX

BOTTIER

Chaussures ordinaires

DE LUXE

ET DE CHASSE

24

RUE DE GRAMMONT

</td><td>

</td></tr>
</table>

MACHINES A COUDRE

82, boulevard de Strasbourg, Paris

M. MAYER vient de recevoir de l'INSTITUT POLYTECHNIQUE UNIVERSEL

UN DIPLOME D'HONNEUR

POUR LES PERFECTIONS QU'IL A INTRODUITES DANS LES MACHINES A COUDRE

Maisons : à Bordeaux, 53, rue des Fossés de l'Intendance, 53,

TOULOUSE. — ROUEN, — LILLE. — ORLÉANS. — BESANÇON. — BRUXELLES. — NANTES. — TROYES. — MARSEILLE — BARCELONNE. — SAINT-PÉTERSBOURG

Système HOVE . . . . . no 1	425 fr.	Système MAYER (pr la chapellerie) . . . . 300 à 350 fr.
— — . . . . . no 2	450 »	— — à griffes circulaires . . 425 à 350 »
— — pr tailleurs. no 3	500 »	— SIMPSON, à navette . . . . 300 à 500 »
— — pr ouvrages de cuir. no 4 . . .	860 »	— MAYER, chainette, 1 fil. . . 200
		— BIGELOW, chainette, 2 fils . . 250

NAVETTE : 10 f.; pour cuir : 35 f. —AIGUILLES AMÉRICAINES, la douz. 3 f.; ALLEMANDES, 1 f. 50 c. — GUIDE à BORDER ou SOUTACHER, 10 fr.

LE BON DIABLE
de la rue de Rivoli, 39, en face la Tour St-Jacques.

MÉLINGUE

MÉLINGUE

Mélingue est, à mon avis, une des figures les plus originales du théâtre contemporain.

Qui ne l'a vu dans une de ces pièces-épopées et quasi shakespeariennes, traversant bravement l'action, moitié bandit, moitié gentilhomme, le front haut, le regard fier, l'épée au poing, la menace à la bouche ?

Enveloppé dans son manteau, qui se relève pour laisser passer le long fourreau de sa colichemarde, la tête couverte d'une toque à plume, les mains gantées de buffle, botté, éperonné, armé en guerre, ne le prendrait-on pas pour quelqu'un de ces vaillants avanturiers qui traversaient, menaçants, les campagnes, faisaient trembler hobereaux, bourgeois et manants d'un seul froncement de leur sourcil olympien ?

Qui ne l'a vu, ressuscitant quelqu'un de ces artistes-géants dont nous ne prononçons les noms qu'avec une admiration mêlée de terreur, Salvator-Rosa, Benvenuto Cellini !

C'est là qu'il est à l'aise, Mélingue, le voilà, comme on dit, en famille. Benvenuto est un peu son cousin, et n'a-t-il pas conversé avec Salvator dans les Abruzzes ?

Ce fut un de ses beaux triomphes, ce rôle de Cellini ! — Il était beau, avec sa calotte michelangesque, sa veste de travail, sculptant son *Hébé* à nos yeux étonnés, et si facilement, avec tant de grâce. Il était beau, le lion rugissant, foudroyant sous sa colère terrible la maîtresse du roi François Ier et le roi François Ier lui-même. Il avait la foi, il représentait devant la foule un grand artiste, un de ces élus marqués du signe surhumain et fatal. Aussi de quel ciseau magistral avait-il sculpté cette figure !

Il avait créé, quelques années auparavant, le Diable, dans l'*Imagier de Harlem*, ce chef-d'œuvre. Je le revois encore, apparaissant tout au fond d'une salle gothique, avec son pourpoint tailladé, ses manches bouffantes, ses bottes échancrées. Une plume noire se balançait sur sa tête. Sa main gauche s'appuyait sur la garde de son épée, et de sa main droite il frisait insolemment sa longue moustache rousse. On songeait invinciblement à quelque reître sorti, de pied en cap, d'une toile fantastique du vieil Albrecht Durer.

Et puis, plus tard, comme il était charmant, séduisant, franc, spirituel, dans ce rôle de Fanfan-la-Tulipe ! Il mordait à belles dents les pommes vertes que Mme de Pompadour grignotait en faisant la moue. Et qu'il était galant le garde-française, avec ses reparties, avec son regard de soldat répondant aux yeux en coulisse de la coquette marquise ! — Si bien que la marquise, jolie comme un pastel de Watteau, soupirait en riant, lorsqu'elle pensait à son brave garde-française !

La biographie de Mélingue est toute faite, admirablement faite par Alexandre Dumas (*Une Vie d'artiste*). — Le malheur l'a sacré, ce créateur. Il a connu la faim, les tortures du corps aussi bien que celles de l'âme. — Mais, les mains rouges, les pieds gonflés, il mangeait alors avec appétit son pain gelé.

— Attendons demain ! disait-il à son camarade Hippolyte Tisserant.

Et le lendemain venu, il se trouva qu'ils étaient, l'un et l'autre, de grands artistes !

Mélingue a créé le *Comte Hermann*, *Don Juan de Marana*, *Gaëtan il Mammone*, *d'Artagnan*, *Monte-Cristo*, etc., etc. Nous ne parlerons pas de Buridan. Buridan, pour nous, c'est Bocage. Demain Mélingue jouera à l'Ambigu *François les Bas bleus*, et bientôt, à la Porte-Saint-Martin, Salvator des *Mohicans de Paris*.

Jules CLARETIE.

THÉOPHILE SEMET

M. Théophile Semet, l'auteur de *Gil-Blas* et des *Nuits d'Espagne*, est né à Lille, en 1825.

Il n'a donc, aujourd'hui, que trente-six ans. Son nom est *fait*. Le succès, ce fantaisiste inconstant, lui a déjà plusieurs fois souri. Il n'a donc qu'à marcher notre compositeur, à travailler sans cesse et sans cesse, à notre tour nous l'applaudirons.

De bonne heure il s'était senti intérieurement *ce feu que du ciel on reçoit en naissant*. — Nous aimons à nous moquer des vocations comme du reste. — Un homme *appelé* nous semble, maintenant, un être anormal, un fou, ou tout ou moins un *toqué*, un *étoilé*, comme dirait M. le marquis de Belloy. — Et, en effet, ils sont si rares aujourd'hui, ceux qui rêvent la gloire, qu'on en peut bien rire un peu. S'ils aspiraient à faire fortune, nous les respecterions vraiment davantage. *Le temps c'est de l'argent*, disent les Anglais. *L'argent*, ajoutent les Américains, *c'est de l'honneur*.

Donc, Th. Semet était né musicien. Il entra au Conservatoire de Lille, y apprit le violoncelle ; puis, avec M. Beaumann pour professeur, l'harmonie et la composition. En 1846, la ville de Lille l'envoya comme pensionnaire au Conservatoire de Paris. Il fut placé dans la classe d'Halévy. C'est là qu'il connut M. Carvalho, dont l'amitié sincère fut, plus tard, si profitable au jeune compositeur.

Adolphe Adam avait pris Semet en affection. Grâce à lui, le premier ouvrage de Théophile fut joué, le 14 février 1848, en petit comité au Conservatoire. — C'était une sorte d'opéra-comique en miniature, une saynète, assez comparable à celles qu'on *exécute* aux Bouffes, chaque soir.

M. Perrin, le directeur de l'Opéra-Comique, avait promis au jeune homme *un livret*. En attendant, Semet écrivait la musique de la *Petite Fadette*, qui fut jouée aux Variétés en 1850.

Semet ne voulut jamais essayer de concourir pour le prix de Rome. — Les lauréats de l'Institut sont, en effet, laissés dans un tel oubli que leur position ne tente guère les compositeurs indépendants !

Indépendants, ai-je dit, libres ! — Le pauvre Semet était, en ce moment, libre de mourir de faim. Il courait le cachet ; il donnait, pour un franc, des leçons de piano. Il travaillait sans relâche. M. Billon lui confia la musique de *Constantinople*, une pièce militaire qui tomba bien vite, malgré les airs charmants que Théophile y avait jetés.

Semet accepta, à cette même époque, une place de *tambour* à l'Opéra. Il était, au besoin, *timbalier*, et touchait pour ce *travail* 800 *francs d'appointements !* — C'est, en réalité, la misère.

Sur ces entrefaites, Carvalho obtint le privilége du Théâtre-Lyrique.

— Je suis directeur, venez, écrivit-il à Semet.

Et bientôt notre compositeur donna les *Nuits d'Espagne* (1857). C'en était fait. Les heures funestes avaient fui. — L'orage était passé. — Salut au soleil !

La *Demoiselle d'honneur* fut un demi-succès, malgré la délicieuse musique qu'accompagnait les strophes de Ronsard : *Mignonne, allons voir si la rose....*

Mais *Gil-Blas* se fit entendre, et, de toutes parts, les bravos retentirent. — La complainte espagnole devint bien vite populaire, et le nom de son auteur fut dans toutes les bouches.

A l'heure présente, Semet travaille à un nouvel opéra qu'il destine au Théâtre-Lyrique.

Nous attendons, et les couronnes sont prêtes.

Jules CLARETIE.

THÉOPHILE SEMET.

SÉE

Photographe de l'École impériale de Polytechnique
7, BOULEVART DE STRASBOURG, 7.

PAULIN-MÉNIER.

OFFICE SPÉCIAL

DES

EMPLOYES DE COMMERCE

Directeur : A. RETAILLIAUD

BUREAUX : 7, RUE SAINT-MARC-FEYDEAU

OUVERTS TOUS LES JOURS DE 9 HEURES A 6 HEURES

MAISONS RECOMMANDÉES

C'est sincèrement qu'on peut recommander aux dames, pour elles et leurs familles, le magasin de la PROVIDENCE, 3, rue Vivienne ; le propriétaire de cette excellente maison, M. HINCELIN AÎNÉ, n'a reculé devant aucun sacrifice pour rendre son établissement spécialement digne d'une clientèle de choix.

M. JULES DUSAUTOY, tailleur, boulevart des Capucines, en face la rue de la Paix, se recommande par le bon goût de ses étoffes et les heureuses coupes de sa maison.

M. PIVER, parfumeur de l'Empereur, est connu de l'Univers entier pour la bonté de ses produits.

La maison LAHOCHE, du Palais-Royal, jouit d'une réputation justement méritée pour l'élégance et la beauté de ses services de porcelaines et de ses cristaux.

M. CHAMPROUX ne craint pas, pour ses Eaux-de-vie, la concurrence de celles de Cognac, malgré l'infériorité du prix des siennes.

N. B. — Toutes les maisons dont les produits se trouvent indiqués par l'*Album amusant des Saisons*, sont remarquables et dignes de la meilleure clientèle.

MARQUET

CHEMISIER

DES PRINCES

65, rue N^{ve}-St-Augustin, 65

Ci-devant, rue Richelieu, 112

PARIS.

TYPOGRAPHIE KUGELMANN, 13, RUE GRANGE-BATELIÈRE.